鴻文館文化工作室　策劃
宋詒瑞 著　　李亞娜 圖

三國成語有故事

新雅文化事業有限公司
www.sunya.com.hk

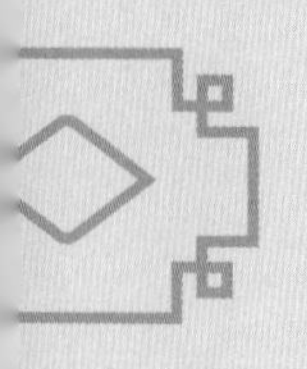

編者的話

「四字詞」在中國語文的學習中，佔據很重要的地位。意簡言賅，聲調鏗鏘，無論說話和寫文章，有畫龍點睛的效用。

中國最早出現的詩歌，就是四言詩；而四言詞語，至今在文章中，仍然使用得最多，這與中文本身構造的特性，有很大的關係。

「四言詞」的內容，很多來自歷史，尤其是成語和類似成語的四字格式的詞語。我們說話或寫作用上一個恰當的成語或四字詞，等如講述了一段歷史故事，令人印象深刻，牢記心中；而且使文章內容豐富。所以多認識成語、多用成語，是提高中文水平，增加歷史文化知識的最佳捷徑。

「三國時代」，被稱為中國歷史上的「英雄時代」，是最為人喜聞樂道的一段歷史。而產生於三國歷史文化的成語故事非常豐富，無論作為中文學習或認識歷史，它是最不能放過的。

此書所選的三國成語，有幾個原則：一、學好中文，可活學活用的成語。二、歷史故事性強，有趣有味。三、對學生有教育意義。四、根據真實的歷史，對成語故事的真實性加以甄別，辨析清楚。對於源自歷史小說《三國演義》「演義」出來的成語，則會加以說明。

入選此書的成語，有的源自《三國志》，有的源自三國之前。無論源自三國之前或源自三國，本書一律用「故事出處」

表述，只表示該歷史故事的來源，而不表示一定是該成語的源頭。

本書後還附錄近四十位三國人物介紹，精簡扼要，特請李鈞杰博士撰寫。

另，為助讀者進一步研習，本書專設有延伸學習網站，提供書內各三國成語故事的詳細出處，以及與該些成語相關的三國地名示意圖（附古今地名對照），方便讀者自行參讀。

最後我們誠懇期望，本書能對各位讀者認知三國歷史文化、掌握和運用「三國成語」有所裨益。

鴻文館創作室　謹識

※ 目錄 ※

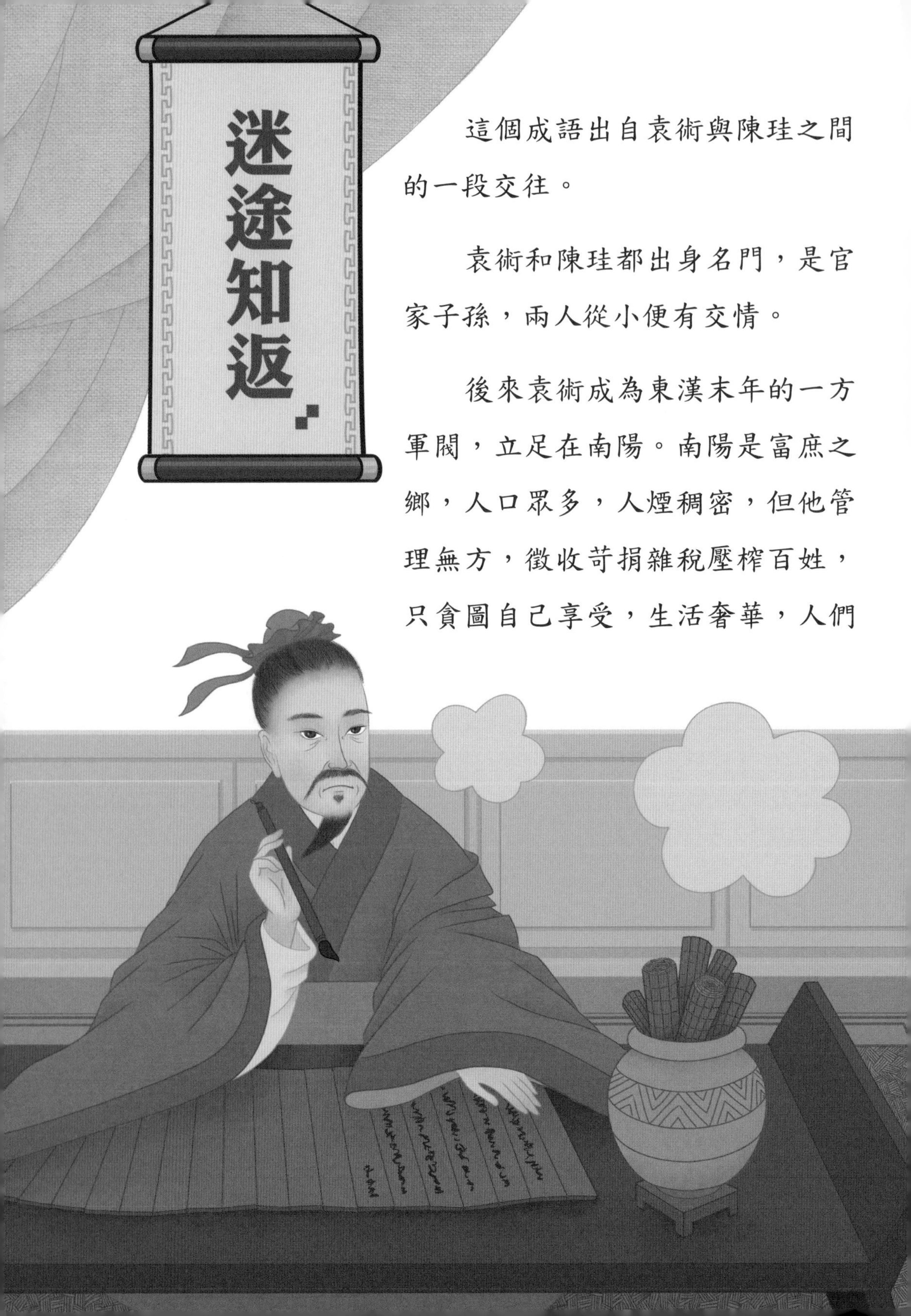

迷途知返

這個成語出自袁術與陳珪之間的一段交往。

袁術和陳珪都出身名門，是官家子孫，兩人從小便有交情。

後來袁術成為東漢末年的一方軍閥，立足在南陽。南陽是富庶之鄉，人口眾多，人煙稠密，但他管理無方，徵收苛捐雜稅壓榨百姓，只貪圖自己享受，生活奢華，人們都很討厭他。

陳珪曾任沛地長官，他才智過人，而且口才很好，能言善辯。

袁術的野心很大，公元196年攻下徐州後，想自己建國稱帝。他就給陳珪寫了一封信，說：「當年秦朝政治腐敗，以致天下的英雄們奮起，唯有智勇雙全的人才能取勝。如今天下大亂，看來國家就要瓦解，正是可以大有作為的時候了。我和你是老朋友了，能否來做我的得力助手？假如我們能聯手做一番大事，你實在是我的主心骨啊！」

當時袁術還把陳珪的二兒子陳應抓了起來當人質，威脅說只要陳珪答應此事，便送回陳應。

陳珪回了一封信說：「當年秦二世行施暴政，民不聊生，所以國家土崩瓦解。如今雖然世道差些，但還沒有秦朝滅亡時的亂象。我覺得你應當同心協力來幫助振興漢室，但你卻圖謀叛逆篡權，豈不令人痛心！假如你能迷途知返，就可免犯這個錯。我是你的老相識，才對你說這番話，可能不中聽，卻是為你好啊。要我與你同謀，那是萬萬不能的死罪啊。」

但是袁術沒有聽他的勸告，還是在第二年稱帝，國號「仲」。諸侯們都起來反對袁術，兩年半內他屢戰屢敗，最後悲憤而死。

釋義

迷途知返——迷失了路知道走回來，比喻做錯了事自己知道改正。當年陳珪苦口婆心勸袁術改邪歸正，不要稱帝叛逆，用的是「迷而知反」，後人常用較通俗的「迷途知返」。（「反」，「返」的古字。）

例句

一些犯人在監獄裏受到教育，認識到自己犯的錯，後來學了求生的本領，重新做人。人們稱這樣迷途知返的人是「浪子回頭金不換」，是很難得的。

故事出處

《三國志・魏志・袁術傳》

近義詞

聞過必改、幡然悔悟

反義詞

知過不改、屢教不改

匹夫之勇

公元200年，袁紹佔領黃河以北的中原地區，兵強馬壯，勢力最大；曹操則佔據黃河以南。兩人都雄心勃勃，想一統天下。看來兩雄交戰是不可避免的了。

曹操身邊的謀士有不同的意見。有人說，袁紹手下的名將顏良、文醜勇猛過人，是袁軍的頂樑柱，不可小看。但是也有人說，這兩人「只不過是一夫之勇，打一仗就可把他們抓獲。」之後的戰事，證實了後者真是高人之言，說中了！

袁紹派顏良、文醜統率十萬大軍，進攻曹操的老窩許都。有人勸袁紹說：「顏良的性格有缺點，他氣量小，考慮問題不冷靜，容易意氣用事，不宜帶兵。」但是袁紹不採納。

顏良帶兵出征，沒想到曹操另有計謀，不與他硬拼，而是聲東擊西，派兵西進，假裝去攻打袁紹後方，分散了

袁兵。這邊顏良自以為兵力強大，驕傲輕敵，出戰時威風凜凜地站在旌旗傘蓋下，高聲要敵方將領報上名來。帶領曹兵的關羽一眼就看到了顏良，鞭策身下的赤兔馬飛奔過去，一刀便砍倒了顏良。將領一死，袁軍自然大敗。

文醜聽說顏良被殺，大怒，馬上帶兵追殺曹軍，誰知也中了曹軍的計：六百名曹兵埋伏在山谷，把武器馬匹散落在山路上。文醜以為是曹軍倉惶逃命時丟下的，命士兵收集「戰利品」，怎料曹兵趁機衝殺出來，文醜在混戰中也被砍死，袁軍潰敗。

袁紹的這兩名大將有勇無謀，真的是一戰就送了命！

釋義

匹夫之勇——匹夫，指單獨一個人，也泛指平常人，無學識、少智謀的人。意思是單憑個人的勇猛，而不運用智謀行事，就像顏良的驕傲輕敵便送了命，文醜盛怒之下不能識別曹軍的詭計。古籍中用「一夫之勇」，後人則用「匹夫之勇」。

例句

明強的打球技術固然是高水準的，但是籃球比賽不能單靠匹夫之勇，更要講究全隊正確的戰術，以及五人的密切配合，才有取勝的希望。

故事出處

《三國志・魏志・荀彧傳》

近義詞

有勇無謀

反義詞

有勇有謀

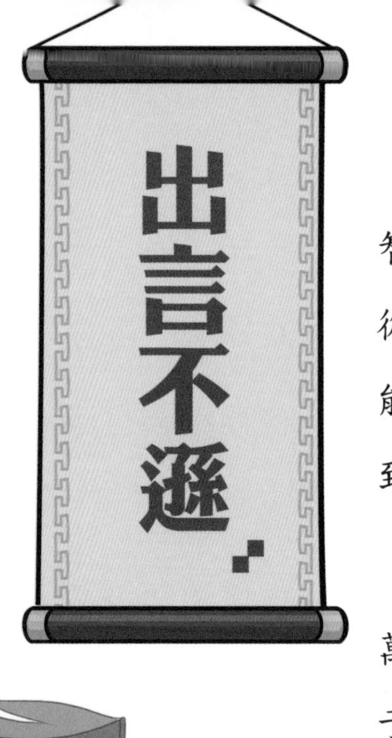

張郃是三國時期的一員名將，智勇雙全，深通兵法，善於用兵，從討伐黃巾軍那時就顯示出他的才能。後來他帶兵投在袁紹手下，受到重用。

公元 199 年，七十萬袁軍和七萬曹軍在官渡大戰。袁紹派大將淳于瓊運送軍糧囤積在烏巢。曹操得到了消息，就親自帶兵要去烏巢搶糧。

張郃對袁紹說：「曹兵精銳，烏巢會被攻破，糧倉一失去，我們的軍事優勢就完了。趕快發兵去救烏巢吧！」

但是謀士郭圖卻說：「張將軍的計策不好。不如進攻曹操大本營，曹操一定會返回來救援，這樣，烏巢的危機自然就解除了。」

張郃反駁他說：「曹操的大本營防備堅固，我們是一定攻不下來的。假如淳于瓊他們被打敗，那我們就全都要當俘虜了！」

袁紹不愛聽張郃如此直率進言，只派了一支輕騎兵去救烏巢，卻以重兵攻打曹營。結果正如張郃預料的那樣：曹營攻不下，而曹操攻破了烏巢，燒了袁軍的糧草，袁軍潰敗。此時的郭圖反過來誣陷張郃，說張郃希望袁軍儘快打敗仗，所以「出言不遜，說了那些不吉利的話」。

張郃擔心袁紹會起了殺機加害自己，就去投奔曹操。他在曹操陣營屢建奇功，成為曹魏的一名良將。

釋義

出言不遜——遜，是恭敬的意思。這句成語的意思是說話傲慢無禮，不尊重對方，很不客氣。

例句

這位年輕人在面試時出言不遜，批評公司的扶貧救難政策，不尊重公司的宗旨，很沒禮貌，當然不獲錄取了。

故事出處

《三國志・魏志・張郃傳》

近義詞

出言無狀

反義詞

謙恭下士

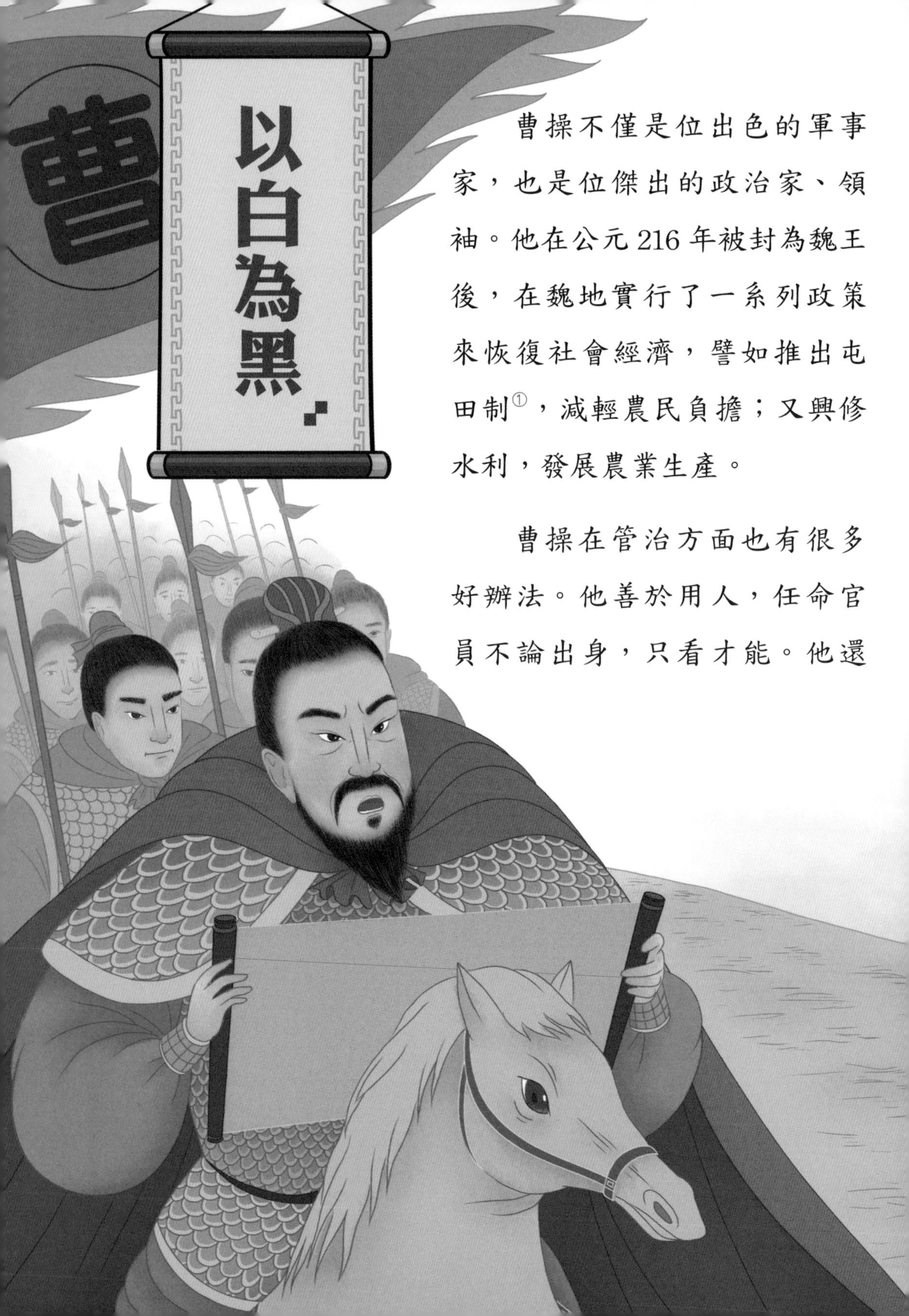

以白為黑

曹操不僅是位出色的軍事家，也是位傑出的政治家、領袖。他在公元 216 年被封為魏王後，在魏地實行了一系列政策來恢復社會經濟，譬如推出屯田制①，減輕農民負擔；又興修水利，發展農業生產。

曹操在管治方面也有很多好辦法。他善於用人，任命官員不論出身，只看才能。他還提倡開源節流，勤儉辦事，不許後宮婦女穿華麗衣服、不許講究排場，自己的生活也比較簡樸，所以官員也都清廉。

更重要的是曹操很重視法治。他制定了嚴明的法律嚴懲違法亂紀的官吏，他和自己的親屬也要遵守法律。有一次他的馬踩到了麥田，曹操就割下了自己的一束頭髮來代替殺頭之罪，維護了軍法。

曹操發現當地有一些不正當的風氣習俗，認為必須整頓。公元205年9月，曹操發布《整齊風俗令》時說：「結黨營私，互相勾結包庇，是聖人孔子痛恨的。聽說冀州有

注釋

①屯田制：分民屯和軍屯。民屯是政府招募農民墾荒耕種，租給他們農具和牲口，收割了糧食一半交政府，一半歸農民。軍屯是駐軍在執行軍務的同時也要種地。

這樣的風氣：父子若是分屬不同派別，就互相攻擊，損害彼此的聲譽。以前那個奇才周不疑是沒有哥哥的，有人卻造謠說他和嫂子有私情；奉公守法的太守第五伯魚三次娶的妻子都是孤女，有人卻誣陷他在家鞭打岳父。東漢丞相王鳳是個專權的人，有人卻把他比作西周的忠臣申伯；西漢大臣王商為人忠厚，提出了誠懇的忠告，卻被人說成是邪門的話。這些都是以白為黑，欺騙君主的行為。不消除這些不正之風，我會感到羞恥的。」

曹操的這些措施為人稱道，使當時社會風氣有所好轉，政治比較清明，是他對社會的積極貢獻。

釋義

以白為黑——把白的說成是黑的，顛倒是非、混淆黑白，故意歪曲事實。就像曹操所舉的幾個事例，有些人捏造不存在的事情誣陷好人，或是把奸臣比作忠臣，把忠言說成是邪門歪道的話，他們這樣做都是不懷好意、別有用心的。

例句

這名殺人犯殺了人不但不認罪，反而誣蔑對方欠債不還企圖加害他，說自己是自衞殺人。真是以白為黑、顛倒是非，行徑卑劣。

故事出處

《三國志・魏志・武帝紀》

近義詞

顛倒黑白

反義詞

是非分明、黑白分明

這個成語出自著名謀士郭嘉之口。

郭嘉原本是袁紹的部下，但他見到袁紹不會用人，做事又沒有決斷力，很難共事，就轉投曹操。

郭嘉對人對事觀察細緻，往往能作出準確判斷。他在曹操的多次征戰中獻出良計，屢建奇功，是曹操的得力助手。

公元202年，在官渡之戰中大敗的袁紹病死，曹操攻打袁紹的兩個兒子袁譚和袁尚，多次得勝。手下將軍們都主張乘勝追擊，郭嘉卻不同意，他說：「這兩個兒子袁紹都愛，定不下誰來繼位，所以他倆必定會內鬥。我們不如先南下攻打劉表，靜觀局勢發展，等時機成熟才出手，一定能成功。」事情的結局果真如郭嘉所料一樣，兩袁打了起來，曹操很順利地把他們逐一擊破。

袁尚逃到烏丸[1]，曹操想追殺過去。許多將軍都勸阻他，擔心劉表會派劉備乘機攻打曹軍大本營。但是郭嘉卻

注釋

①烏丸：也稱作烏桓，在今日中國東北部遼寧錦州一帶，是古代北方遊牧民族烏桓的集居地。

說：「袁尚剛到烏丸，以為自己在偏遠之地我們不會前去攻打，必然防備鬆懈，我們可出其不意一舉拿下，平定北方，消除隱患。劉表只是個空談家，知道自己控制不了劉備，不敢給他重任的，所以不用擔心我們的大本營。」

曹操覺得他說得很對，便率軍北進。但是這千里路程很難走，行軍緩慢。郭嘉說：「兵貴神速，這樣的速度行進會使敵方有所察覺，加強防備應戰。要把輜重①都扔掉，輕裝速進。」

曹操採取了他的辦法，果然打了勝仗。但是在回來的路上郭嘉因為疲勞過度，患病去世了，曹操十分悲痛。

注釋

①輜重：行軍時攜帶的軍械、糧草、被服等軍用物資。

釋義

兵貴神速——打仗用兵很重要的一點是行動要迅速，速戰速決，給敵人以意料不到的打擊。烏丸這一戰是中國戰爭史上「兵貴神速、出奇制勝」的經典例子。

例句

上星期我們童軍到野外進行打野戰遊戲，甲乙兩隊比賽誰能首先佔領一個小山頭。陳教導員說：「兵貴神速，我們若是能夠在速度上佔優勢，就有機會取勝。」

故事出處

《三國志・魏志・郭嘉傳》

近義詞

速戰速決、事不宜遲

反義詞

坐失良機

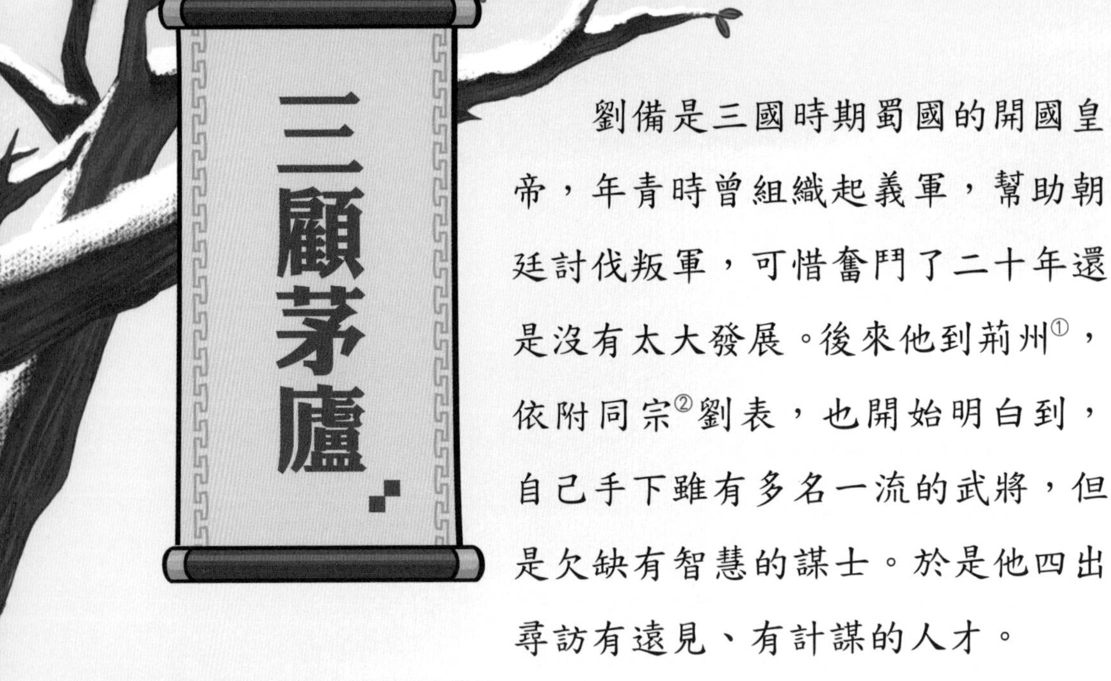

三顧茅廬

劉備是三國時期蜀國的開國皇帝，年青時曾組織起義軍，幫助朝廷討伐叛軍，可惜奮鬥了二十年還是沒有太大發展。後來他到荊州①，依附同宗②劉表，也開始明白到，自己手下雖有多名一流的武將，但是欠缺有智慧的謀士。於是他四出尋訪有遠見、有計謀的人才。

注釋

①荊州：東漢把天下劃成十三州，荊州是中心地，在長江一帶，包括現今湖南湖北大部分範圍，是當時三國爭奪地。

②同宗：指同出於一個祖先。後也稱同族、同姓為同宗。

公元 207 年，劉備聽説附近有個叫卧龍先生的年青人極有才華，便帶備禮物前去拜訪。原來那年青人就是大名鼎鼎的諸葛亮！

諸葛亮隨叔父來荊州避難。叔父過世後，他就在隆中的卧龍崗蓋了幾間茅草屋，和弟弟一起隱居。他學問淵博，滿懷抱負，平日耕田讀書，也常和朋友談論國家大事，很有見解。

劉備第一次去，書童說：「先生外出了，不知道什麼時候回來。」

劉備第二次去，諸葛亮的弟弟出來說：「哥哥前一天就去朋友家了。」

劉備是漢王室的遠親，年紀已四十多歲，連曹操都視他為英雄，但兩次到訪都見不到諸葛亮，連他視如手足的大將關羽、張飛，都勸他不必為了一個沒有官職的年青人委屈自己。可是劉備堅持要見到他。

劉備第三次來到諸葛亮的茅草屋前，諸葛亮在午睡，劉備就在門外等他睡醒。

諸葛亮見劉備一次又一次真心誠意來見他，便與劉備詳細分析當前形勢。劉備聽得心服口服，力邀諸葛亮出山協助他。諸葛亮被他的誠意打動，答應劉備的請求，並盡心盡力輔助他。

劉備最終在公元 221 年稱帝，建立蜀漢，諸葛亮出任丞相。

釋義

三顧茅廬——求賢心切的劉備不計較身分和年紀的懸殊，一而再、再而三親往茅廬，邀請諸葛亮出山輔助自己打天下，他的誠意終於感動了本想考驗他的諸葛亮。這段感人的歷史故事留給我們這個成語，意思是：要敬重賢才，求人要誠心，才能打動人，得到真心的幫助。（古籍中都用「三顧草廬」，現代多用「三顧茅廬」。）

例句

黃校長已經退休了，日子過得很舒心。你要請他出任培訓班導師，恐怕要三顧茅廬才成事呢！

故事出處

《三國志・蜀志・諸葛亮傳》、《資治通鑑》

近義詞

禮賢下士

反義詞

唯我獨尊

初出茅廬

二十七歲的諸葛亮被劉備力邀出山，當了劉備的軍師。關羽、張飛等大將見這年輕人受到劉備如此尊重，很不高興。劉備說：「我得到了諸葛亮，就好像魚有了水。」大家就不再說什麼了。

曹操見劉備在荊州休養生息，招兵買馬，實力一天天強起來，決定要消除這個威脅，派十萬大軍直逼新野進攻劉備。雙方力量懸殊，劉備向諸葛亮討教。諸葛亮擔心大將們不服他的指揮，要求劉備借給他寶劍和印信[①]，劉備依了他。

諸葛亮指派關羽和張飛各領一千人埋伏在博望城[②]左右兩邊待命；着趙雲作前鋒與曹軍交戰，但不許打贏，而是要把曹軍引進峽谷；再令五百人準備好點火工具在博望坡等候，劉備則率領一些人馬作後援。關羽問：「那麼軍

注釋

①印信：代表權力的印章。

②博望城：今河南省南陽市方城縣博望鎮。

師你幹什麼？」諸葛亮答守在縣城。張飛冷笑道：「好清閒啊！」劉備嚴肅地說：「軍師出謀劃策，到前方殺敵是各位大將的事，不要違抗軍令！」

大將們雖分頭散去備戰，但仍心中疑惑，不知軍師的計策是否有效。

戰事的發展果真如諸葛亮所設計的那樣：趙雲假裝敗退，把輕敵的曹軍引到博望坡前。這裏道路狹窄，兩旁亂草叢生，曹軍正擔心被襲之時，背後殺聲大作，火光四起，曹兵驚慌失措，四下逃散，但是趙雲率兵回身殺過來，關、張人馬也從兩邊殺出，打到天亮，曹軍被殺得橫屍遍地、血流成河，隨後的糧草也被燒光。

諸葛亮初戰告捷，後人稱這是他初出茅廬第一功[①]！關、張也由衷讚歎：軍師真是英雄！

注釋

①初出茅廬第一功：博望坡之戰，《三國志》記載是在諸葛亮出山之前、劉備指揮的勝仗。但是《三國演義》中卻把它生動地寫成是諸葛亮贏得眾人信賴的第一仗，這樣做是可理解的。這裏我們採用了這個故事。

初出茅廬——茅廬，即是草屋。此句原意是指隱居在草屋的諸葛亮被劉備三顧茅廬的誠意打動，剛剛出山擔任軍師之時。後比喻剛剛踏入社會工作，缺乏經驗。

例句

這個年輕人初出茅廬，但大膽發揮創意，發明了快速裝配法提高了生產效率。這種進取精神是值得我們大家學習的。

故事出處

《三國演義》，正史中沒這段事跡

反義詞

老於世故

手不釋卷

成語「手不釋卷」在《三國志》中有好幾個故事，在這裏，我們來看看魏國的文帝是怎樣在著作中使用它的。

魏文帝就是曹操的長子曹丕。六歲時曹操就教他騎馬射箭，見他學得快，武功也不錯，征戰時就常常帶着他。曹丕練到一身好功夫，射箭可以百步穿楊，去打獵時箭無虛發，往往滿載而歸。他還喜愛擊劍，曾經拜名師學習。

曹丕文武雙全。自幼熟讀經書及百家諸子典籍，八歲就能提筆寫文章，曾寫下不少詩詞、散文、歌賦。他與同樣具有文學奇才的父親曹操和弟弟曹植被稱為中國文學史上的「三曹」。

曹丕最重要的一部著作是《典論》，有二十二卷，但只有《自敘》和《論文》這兩卷留存了下來。他為什麼要寫這部巨作呢？原來是因為弟弟曹植的文才比他強，不斷

受人稱讚；而且曹植與父親及太后的關係也很親密，曹丕擔心父親會把弟弟立為繼承人，所以用心寫了這部書，想引起父親對他的重視。

後人對曹丕的《典論 · 論文》評價很高，認為是中國第一部文學評論及文學理論著作。《自敍》也很有意思，曹丕在書中回顧了曹操怎樣培養他，並且說父親喜愛看書讀詩，每每在行軍打仗期間，他也是手不釋卷。父親還常常對他說：小時候喜歡學習，就能專心學；長大了記憶力差，學了容易忘。

公元 220 年曹操病逝，曹丕繼承了魏王封號和丞相的大權。同年他逼迫漢獻帝讓位，登位稱帝，改國號為魏，226 年逝世後被追認為魏文帝。

釋義

手不釋卷——釋，是放下、放開的意思；卷，泛指書籍。手裏的書本捨不得放下，形容勤奮好學或是看書入迷。

例句

哥哥是個偵探小說迷，放學回家後往往手不釋卷，看得忘了吃飯做功課。

故事出處

《三國志・魏志・文帝紀》

近義詞

手不釋書

反義詞

淺嘗輒止

這個成語出自東漢末年的文學家、學者孔融的遭遇。

大家都知道孔融讓梨的事，四歲的孔融把較大的梨留給哥哥們，自己挑最小的。這件事被廣為稱頌，成為兒童有良好道德的典範。

不過，這裏要講的是孔融長大後的事情。

孔融自小聰慧好學，才思敏捷，文章和詩詞都寫得好，長大後成為東漢名士，有很高的聲譽，還得到曹操推薦，到朝廷做事。

孔融交遊很廣，也樂於提攜年輕人，所以身邊常常聚集了一羣年輕人。他因為自覺有才，經常評論時局，語詞尖刻，連譏帶諷，讓人下不了台。甚至多次頂撞曹操，惹怒了他。礙於孔融名氣大，曹操只得忍了他。

孔融觀察到曹操想削弱漢王室，野心很大。所以當漢獻帝遷到許都後，孔融幾次上書，要求首府周圍千里之地禁止分封，以便加強中央的權力。他的這個主張造成一股強大的輿論，對曹操很不利，有人就說孔融很不識時務。

公元 207 年發生災荒，全國缺糧，曹操就下令禁止民間造酒。孔融是個愛酒的人，家中怎少得了酒？他就上書曹操提出反對禁酒，但是語氣輕佻，說什麼劉邦等人就是飲酒才成大事；說「天上有酒旗星，地下有酒泉郡，人有海量是酒德，堯帝飲了千盅酒被稱作聖人⋯⋯夏商因為美女而亡國，那麼也應該下令禁止婚姻⋯⋯」

接連多起事件使曹操忍無可忍，便在第二年編織罪名處死了孔融全家。人們都惋惜這位才子是因為不識時務而害了自己。

釋義

不識時務——識，認識、知道；時務，當前的重大事情或客觀形勢。意思是不懂得當前的形勢和順應時代的潮流，也指待人接物不合時宜。就像當年孔融多次說話著文違背了野心勃勃的曹操的心意，招來了殺身之禍。

例句

他多次批評公司的新政策，有人說他不識時務，我倒覺得他心直口快，是個關心公司的直爽的人。

故事出處

《三國志・魏志・崔琰傳》

近義詞

不達時務

刮目相待

這個成語出自吳國大將呂蒙的故事。

呂蒙出身貧窮，小時候沒機會上學讀書，偷偷跟着姐夫在東吳部隊打仗。母親知道後大怒，本來要處罰他，他向母親訴說了自己的理想，獲得了母親的諒解。

呂蒙英勇善戰，多次建立戰功，但是他的文化程度不高，一些

作戰過程和結果都不能用文字上報。

有一次，呂蒙又將帶兵出征，主公孫權對他說：「你現在是個指揮作戰的領軍人物了，要多讀些書啊，對你很有好處的，你的成就會更大。」

呂蒙面有難色：「帶兵打仗那麼緊張，哪有時間看書呀！」

孫權說：「我不是要你做研究學問的博士，但是你應該學些兵法和看些史書。我小時候就讀經書，從軍後我那麼忙，又讀了《史記》、《漢書》等書，對

自己很有啟發。當年光武帝①作戰時常常手不釋卷，曹操自己也說雖然老了還是要學習。你很聰明，學了一定會有收穫的。」

呂蒙問：「我應該看些什麼書呀？」

孫權建議他先讀《孫子兵法》和一些歷史書。

呂蒙果然開始了自學，他一本又一本地讀，憑着堅強的意志堅持不斷學習，飽覽羣書，學問大有長進，指揮作戰也更為出色。

東吳大臣魯肅本來看不起呂蒙，後來他常與呂蒙商談國家大事，往往還辯不過他。魯肅拍拍呂蒙的背說：「原來以為你只是勇武而已，如今見你學識淵博，不再是吳國以前的阿蒙了！」

呂蒙回答說：「讀書的人分開了幾天，再見面時要刮目相待呀，不能再用老眼光看人了！」

注釋

①光武帝：即劉秀，東漢第一位皇帝，公元 25 － 57 年在位。

釋義

刮目相待——刮目，即是擦亮眼睛。意思是要用新的眼光看人。一般是指別人已有很大的進步或是很大改變，對他要拋棄舊的看法，有新的評價。

例句

表哥在國外留學四年回來，當上了部門經理，滿口新名詞新計劃，不再是以前輕佻懶散的樣子，令人刮目相待。

故事出處

《三國志・吳志・呂蒙傳》、《資治通鑑》

近義詞

另眼相看

望梅止渴

話說初時實力還不強的劉備投靠在丞相曹操麾下，一起打敗了名將呂布。漢獻帝召見劉備，查出劉備和自己還是遠房叔姪關係，大喜，想依靠劉備這位宗叔來提防野心勃勃的曹操。為了不讓曹操覺察，劉備就整日在家種菜澆花，裝出很悠閒的樣子。

初夏的一天，曹操派人來請劉備去丞相府見他，劉備心中疑惑，不知曹操想幹什麼。曹操在花園中接待他，說：「正是梅子結果季節，我看到園中的梅樹上掛滿了青青的果子，想請你來賞梅，再一起品嘗煮好的青梅酒。」

劉備這才放鬆心情，與曹操一起飲酒賞梅。

曹操說：「看到這些梅樹，讓我想起去年出征張繡[①]時的一件趣事。」劉備說願聞其詳。於是曹操就講了下面這個故事：

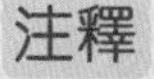

① 張繡：東漢末年的武將及割據軍閥。

「那是個酷熱的夏天，我們的部隊在行軍路上迷失了方向，兜來轉去都走不出一塊乾旱地。經過長時間的急行軍，士兵們都已十分疲乏，加上烈日當空照，身上的水壺都空了，所以個個又渴又累，垂頭喪氣，沒精打采，抬不起腳步，行軍速度明顯地慢了下來。

「我心中很着急，士氣不振，怎麼能打勝仗？眉頭一皺，計上心來。我把手中的馬鞭一揮，高聲叫道：『前面有一個梅林，樹上結滿了又酸又甜的大梅子，加快步伐向前走啊！』

「士兵們的頭都抬了起來，雙眼放光，嘴裏生出了津液，不覺得渴了。大家的腳步也變得輕快了，加速行軍，終於找到了水源。」

劉備聽了哈哈大笑：「丞相的望梅止渴計策真是神機妙算啊！」

釋義

望梅止渴——在無法達到願望的情況下，用空想和幻想來安慰自己。

例句

年老的祖父母很想去西藏旅行，但是他們的身體情況不能適應高山氣候，只能看看這部西藏紀錄片望梅止渴了。

故事出處

《世說新語・假譎》、《三國演義》

近義詞

畫餅充飢

放虎歸山

大家都知道，諸葛亮是三國時期著名的頂尖智慧人物，劉備為了得到他的幫助而三顧茅廬。但是很少人知道，那時還有一位高人，是諸葛亮都自謙不如的，劉備也花了很大功夫才請到他來幫忙。這個人是誰呢？

他就是荊州人劉巴，字子初。劉巴才智過人，又寫得一手好文章，是當時公認的奇才。

他曾在西川益州的劉璋手下當謀士。公元214年，漢中太守張魯想取得西川後稱王，懦弱無能的劉璋本想結交曹操共同抗敵，但是遭到拒絕，便轉向劉備求救。劉巴就警告他說：「劉備是有野心的，進入西川後會成為禍害，不能讓他來。」但是劉璋不聽，還親自迎接劉備帶兵進川。

劉備進川後，士兵對百姓秋毫無犯，深得人心。後來劉璋接報說張魯要來犯，就請劉備出兵抵抗。這時劉巴又來勸說道：「不能讓劉備出征，這等於是放虎歸山，後患無窮呀！萬一他回過頭來攻打西川，我們只有死路一條了！」劉璋還是不聽他的忠告，氣得劉巴裝病躲在家中不露面了。

事態發展果然如同劉巴預料的那樣：劉備出征後一步步佔領了各個要地，最後攻入成都，劉璋投降。劉備佔據了西川，自認益州牧，從此形成了魏蜀吳三分鼎立的局面。

後來劉巴歸附了劉備，與諸葛亮一起協助劉備。那時蜀國國庫空虛，劉巴出了幾個主意，使經濟很快好轉。蜀國的法律文件、詔令文告等都是出自劉巴的手筆。諸葛亮曾感歎說：在治國策略方面，我是遠遠不如劉巴的。

釋義

放虎歸山——把本來已經在手的老虎放回山林，比喻對敵人麻痺大意，放走敵人，留下禍根，後患無窮。

例句

這個奸細是來刺探情報的，捉了他又放他走，不是放虎歸山嗎？

故事出處

《三國志・蜀志・劉巴傳》、《資治通鑑》

反義詞

斬草除根

這句成語出自劉備對武將趙雲的稱讚。

趙雲，字子龍，他身高八尺，長得濃眉大眼，英武魁偉，是蜀漢有名的常勝將軍。

他沒有投靠實力雄厚的曹操，而是看中了待人仁厚的劉備，忠心耿耿跟隨他近三十年，為蜀國立下汗馬功勞。

公元208年，曹操率十六萬大軍南下來攻劉備，劉備帶着十萬多百姓、三千多兵馬奔向江陵[1]，速度很慢，趙雲走在後面保護家眷。在長阪坡[2]曹軍的騎兵追殺過來，劉備在張飛保護下邊戰邊跑，與家眷失散。趙雲與曹兵廝殺到天亮，發現不見了劉備夫人和公子阿斗，心急如焚，只得再回頭四下尋找，先在難民羣中找到了甘夫人護送回去，又回頭去找到糜夫人。她腿上中了槍，把阿斗託付給趙雲後投井自盡。趙雲把一歲多的阿斗抱在護甲內，一路上單槍匹馬衝衝殺殺，砍倒兩面曹軍旗，奪了三枝槍，殺了五十多名曹將，終於衝出曹兵包圍把阿斗帶回給劉備。

注釋

①江陵：湖北省中南部，江漢平原腹地，是防守要地。

②長阪坡：今湖北省當陽縣東北荊門市。

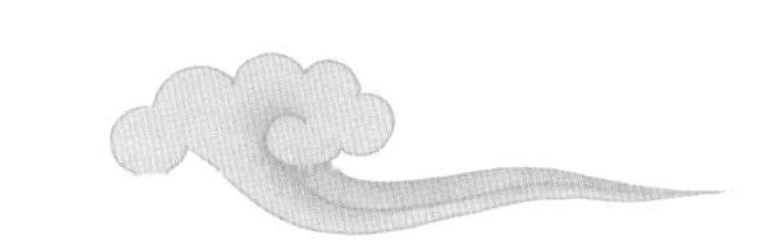

除了單騎救主這項壯舉之外，趙雲在數個重要戰役中都取得輝煌戰果，又曾經多次在危難中救出劉備。劉備稱讚他說：子龍，一身是膽啊！

趙雲不僅作戰無比英勇，還很關心百姓和部下的士兵。劉備進川後本想把巴蜀的田地房產都分賜給將領，趙雲勸他應該把田宅分給百姓耕種居住，讓百姓安居樂業。有一次諸葛亮要賞賜給趙雲絹布，趙雲建議把絹布留給士兵做冬裝。人們除了欽佩他一身是膽，也稱讚他是位文武雙全、德才兼備的好將軍。

一身是膽——膽，膽量。渾身充滿膽量，形容非常大膽，英勇無比，無所畏懼。

例句

這位警官一身是膽，獨自衝進匪窩，逮捕了毒販頭目。

故事出處

《三國志・蜀志・趙雲傳》、《資治通鑑》

反義詞

膽小如鼠

棄之可惜

這是曹操和楊修之間的故事。

楊修，祖上四代都是東漢名臣。他自小受到家庭儒風薰陶，博學聰慧。後來當了丞相曹操的主簿①，處理內內外外多項事務，都很合曹操心意。

可是楊修鋒芒畢露，常常顯示自己的聰明才智，反倒引起曹操對他的忌恨。

注釋

①主簿：古代官職名，文官。主管文書印章、起草文件、管理檔案等，相當於現今秘書。

曹操去視察新建造的相國府，不聲不響在大門上寫了一個「活」字就走了。工匠摸不着頭腦，不知是什麼意思。楊修告訴工匠說：「『門』加『活』就是『闊』字，丞相嫌大門太闊了。」

有人送來一盒乳酪酥，曹操吃了一口，在盒子上寫了一個「合」字。楊修見了，拿起乳酪酥就吃，眾人很驚訝。楊修說：「丞相的意思是一人一口，大家吃吧！」曹操和大家一起擊掌而笑，但是心中很不是滋味。

曹操在考慮選擇繼承人時，常出題測試曹丕曹植兄弟倆。楊修幫曹植解題，曹操知道後非常不高興。

導致曹操對楊修動了殺機的是雞肋[1]事件。

公元219年，曹操率軍與劉備爭奪漢中，連連打了敗仗，損失了大將，自己也受了劍傷，退到斜谷地帶。加上連日陰雨，行軍困難。曹操心情煩躁，不知道應不應該撤退。正在進退兩難之時，將官來問他今晚的出入口令是什麼？曹操望着桌上一碗雞湯裏的雞肋，隨口就說：「雞肋！」

楊修知道後，就開始收拾行裝。士兵們都不明白，楊修解釋說：「雞肋肉薄，食之無味，棄之可惜，正如漢中。丞相是要撤軍了。」

這下曹操忍無可忍，以擾亂軍心的罪名處死了楊修，消除了自己腹中的蛔蟲。

注釋

①雞肋：雞的肋骨，少肉。故事中的雞肋有人也認為是雞翼。

釋義

棄之可惜——通常與「食之無味」連用，指有些東西沒什麼實用價值，或是沒什麼趣味，但是又不捨得扔掉。比喻進退兩難，猶豫不決，無可奈何的心情。

例句

祖母望着一大堆舊物說：「這些老古董沒什麼用了，留着佔地方，但棄之可惜，真不知道該怎麼處理它們！」

故事出處

《三國志・魏志・武帝紀》

近義詞

食之無味

七步成詩

這個故事說的是曹操兩個兒子的事。

公元 220 年曹操過世後，長子曹丕繼位當了魏王。同年，他廢掉了漢獻帝，自己登基稱帝，正式建立魏國。

曹丕的弟弟曹植才能出眾，人緣也好，曹操曾考慮立他為太子。曹丕擔心曹植會與他奪權，一心想除掉這個眼中釘。

有一次，曹植因為飲醉酒說了一些不太客氣的話，曹丕就要治他的罪。

曹植來到殿上，惶恐地向曹丕請罪。魏文帝曹丕說：「我和你雖有兄弟之情，但也是君臣關係，你怎能仗着自己有才便如此無禮？以前你常常寫文章討父王歡心，我懷疑你的文章是有人代筆的。今天我限你在七步之內吟出一首詩來，才能免你一死。」

殿上掛着一幅水墨畫，畫的是牆下的兩頭鬥牛，一頭掉在井裏死了。曹丕就要他以此畫作詩，詩中不准出現「二牛鬥牆下，一牛墜井死」這樣的字。

曹植果真在七步之內吟出了一首五言詩：

「兩肉齊道行，頭上帶凸骨。相遇由山下，欻起[1]相搪突。二敵不懼剛，一肉卧土窟。非是力不如，盛氣不泄畢。」

曹丕和大臣們都很吃驚。但是曹丕又說：「七步的時間太長，現在要你馬上以兄弟為題作一首詩，但是詩中不能有『兄弟』兩字。」

哥哥如此為難他，曹植心中很悲憤。他想起小時候見到用豆的莖稈在灶內煮豆的情景，隨即唸出一首詩來：

「煮豆燃豆萁[2]，豆在釜中泣。本是同根生，相煎何太急？」

曹植以此抗議曹丕對手足的迫害。曹丕聽了也覺得慚愧，從此不再向他發難了。

注釋

①欻起：突然的意思。

②豆萁：是豆類植物的莖稈部分，可以當柴燒。

釋義

七步成詩——曹植能兩次在七步之內成詩，顯示出他的超人才能。「煮豆燃豆萁」這首老少皆知的詩本有六句，後人為吟誦方便精簡為四句。這句成語形容才思敏捷，才華洋溢，能出口成章。

例句

我們的語文課代表很厲害，老師剛在黑板上寫了作文題，要大家構思寫作大綱後口述出來，他就滔滔不絕說了起來。真有七步成詩的才能啊！

故事出處

《三國志・魏志・陳思王植傳》、《三國演義》、《世說新語・文學》

近義詞

七步成章

忍辱負重

陸遜是三國時期吳國的軍事家、政治家，具有雄才大略，人們說他的才能並不在主帥周瑜之下。

公元 222 年，劉備親自率領蜀國十多萬大軍進攻吳國，孫權任命陸遜帶兵五萬開往前線。吳國的將領們見孫權重用陸遜這個年輕的白面書生，都很不服氣。

蜀軍來勢洶洶，分水陸兩路進入吳境。陸遜避開敵軍鋒芒，撤到猇亭[①] 一帶，佔領了有利地勢，卻只是防守，不主動出擊。

劉備為了逼迫陸遜出兵，圍攻夷道[②]，守將孫桓向陸遜求救。陸遜不發兵增援，說：「夷道城牆堅固，糧草充足，而且孫桓很得軍心，他們能堅守。」將領們都暗笑陸遜膽小無能，不懂打仗，都不聽他的命令。

注釋

①猇亭：今湖北省宜都市北面。

②夷道：今湖北省宜都市。

陸遜召集眾將領來開會，他把孫權所賜的佩劍往桌上一拍，說道：「劉備是勁敵，我們應該同心協力共同抗敵，以報國恩。我雖然是個書生，但是主公授命於我，我就一定要盡力做好。國家為什麼要諸君委屈來聽從我的指揮呢？就是因為我還有一些長處，能忍辱負重。大家都要做好自己職務內的事，不可違背軍令！」

吳蜀兩軍對峙了半年之久，蜀軍的糧草供應不上，士氣低落；天氣轉熱，劉備把軍隊轉入山林避暑。陸遜見時機成熟，命令士兵趁夜到蜀軍營地放火，一連燒毀了四十多個兵營，蜀軍大敗，劉備逃到白帝城①，不久病死。

孫權問陸遜為何一開始沒有懲辦不聽話的將領，陸遜說：「他們都是對國家有功的人，為了國家大事，我應該忍受下來。」

注釋

①白帝城：今四川省節縣白帝山上。

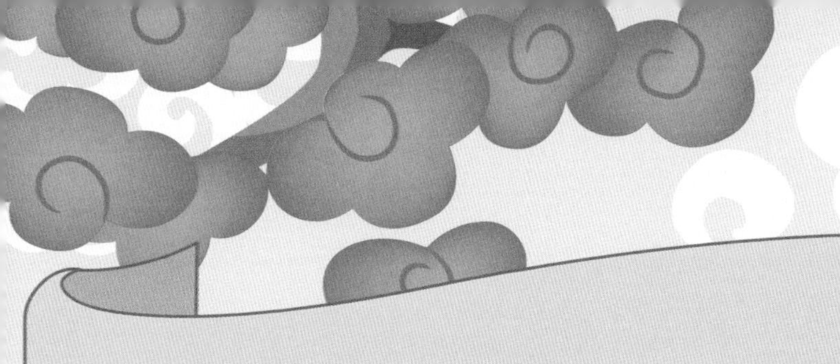

釋義

忍辱負重——為了完成肩負的艱巨任務，暫時忍耐屈辱或別人的誤解。比喻心胸寬大，以大局為重，不計較個人得失。

例句

做卧底工作的人往往要忍辱負重，長期被人誤解，承受很大的心理壓力。

故事出處

《三國志・吳志・陸遜傳》、《資治通鑑》

反義詞

一走了之、拈輕怕重

這是一個諸葛亮如何運用心理戰術收服人心的故事。

公元225年，劉備逝世，劉禪即位。丞相諸葛亮為了準備日後的北伐中原，他決定先解決南蠻的問題。

南蠻是盤踞在南中地區[1]的一些少數民族部落，他們雖臣服蜀國，但也時常發動叛亂。其中勢力最強的首領叫孟獲。

注釋

①南中地區：今四川省大渡河以南和雲南、貴州一帶。

諸葛亮在出征前與軍事參謀馬謖商量。馬謖說：「心戰比兵戰更重要，希望能收服他們的心。」

南中地區山林密布，地形複雜，不易攻，諸葛亮採用誘敵出營的辦法。孟獲作戰雖勇猛，但是不善用兵，結果被埋伏的蜀軍抓獲了。

諸葛亮親手給孟獲鬆了綁，帶他參觀了蜀軍軍營，問他覺得怎麼樣？孟獲說：「我因為不知道你的底細，所以吃了敗仗。原來你的軍營也不過如此，要是再有機會，我一定會打贏你。」

諸葛亮說：「好吧，我就再給你一次機會。」說罷把他放了。

孟獲回去重整隊伍，很快就去偷襲蜀營。諸葛亮料到他會如此，早就嚴密設防，又把他抓了，好言好語勸他歸順。可是孟獲還是不服氣，說還要帶隊伍來與蜀軍較量。諸葛亮和上次一樣，款待了孟獲和他的部下，又一次放走了他。

將士們都認為這樣對孟獲太寬大了。諸葛亮解釋說：「他的影響力大，殺了他只會激起南蠻的更大反抗，要重用他來平定南方，以後我們就不必來這裏打仗了。」

如此七次抓到孟獲，六次放了他。到了第七次，孟獲被諸葛亮的仁義感動了，率部順服蜀漢。從此南方太平。

七縱七禽——禽，在此同「擒」，捕獲的意思；縱，即是放。故事中的諸葛亮每次捉到敵人後就放他走，如此用仁義來感化他，使對方心服。這是兵法的一種，比喻充分掌握主動，運用策略來收服敵方。日後人們也說成是「欲擒故縱」，即是想抓到敵人或是想得到一樣事物，先故意放開，使對方放鬆警惕，再趁機抓住對方，達到自己的目的。

例句

你見過鷺鷥鳥捉魚嗎？牠用長長的嘴叼起活蹦亂跳的小魚，扔在地上；待小魚想逃走時，鷺鷥又叼起牠再扔下。如此反覆多次後才把精疲力盡的小魚吞下。這種欲擒故縱的手法是不是學了諸葛亮的七縱七禽戰術啊？

故事出處

《三國志・蜀志・諸葛亮傳》、《資治通鑑》

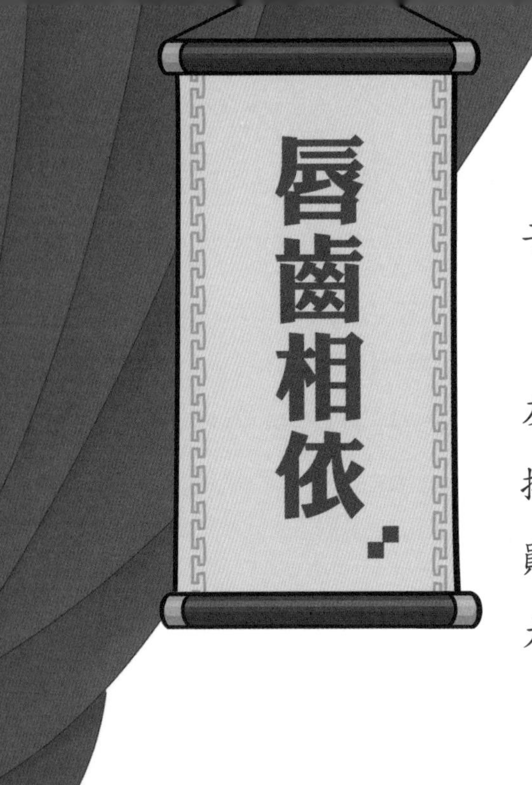

唇齒相依

這句成語出自魏文帝曹丕與臣子鮑勛之間恩恩怨怨的故事。

鮑勛的父親鮑信是曹操的好朋友，在抵抗黃巾起義軍時為了救曹操而戰死。曹操十分傷心，重用鮑勛當了丞相助理，後來又委任他為太子曹丕的侍從官。

鮑勛為人清廉，辦事公正。曹丕的妻弟盜竊官方布匹，按法應判處死刑，曹丕寫信要鮑勛網開一面，但鮑勛還是把罪證呈交朝廷，使曹丕很生氣。

曹丕即位稱帝後，鮑勛多次上書，要求曹丕先不要建造宮殿花苑等皇家建築，而是要重視軍事和發展農業，強國富民。惹得曹丕很不高興。

有一次曹丕要去打獵，鮑勛上奏勸他說：「古代三皇五帝都是以孝義治天下的，先帝剛逝，守喪服孝期間怎能去打獵呢？望皇上深思。」曹丕氣得當場撕掉了他的奏章。

公元 223 年秋天，曹丕想進攻東吳，召集大臣們來商量。鮑勛當面提出反對意見，說：「以往王師多次征伐沒有成功，正是因為吳國和蜀國唇齒相依，關係密切，憑藉着山山水水的天然阻隔，很難攻克。現在若是長途跋涉出兵，將士們勞累，每天還要花費千兩銀子，使國庫空虛，國力削弱，國威受損，會被敵人瞧不起。這是萬萬不可的。」

曹丕聽了更加憎恨鮑勛。

鮑勛因為他的直言得罪了曹丕，幾次被罷免或降職，但都被正直的大臣們大力保舉他後才復職。

不過，這次曹丕忍無可忍了，就藉鮑勛處理一件小事不當，下令殺了他。但是二十天後曹丕自己也與世長辭了，很多官吏都為鮑勛感到惋惜。

釋義

唇齒相依——比喻雙方的關係非常密切，彼此依靠，利益息息相關。好比嘴唇與牙齒那樣的互相依存，沒有嘴唇，牙齒就會受到損傷。

例句

這山上只有黃、李兩家，住屋緊靠在一起，唇齒相依，近日盜匪猖獗，他們合力建造了一道圍牆保平安。

故事出處

《三國志・魏志・鮑勛傳》、《資治通鑑》

近義詞

共為唇齒、唇亡齒寒

反義詞

你死我活、勢不兩立

閉門思過

「閉門思過」這個成語，是諸葛亮在一份懲罰學者來敏的文告中說的。

來敏是東漢大臣的後人，祖上三輩當官。來敏博覽羣書，還常常校正古書中的文字，是一位著名的學者。劉備老來得子，任命來敏為家令[1]，輔助太子劉禪。

注釋

①家令：漢代皇家的官名，主管宮廷家事。

來敏堅持儒家立場，反對諸葛亮推行法治。他的性格比較狂妄，說話往往不加節制，行為也違反常理，常常不合時宜地議論朝廷政事，為此多次被罷官。但是因為他出身名門望族，又是劉備的老臣，自身又是學問淵博，所以罷官不久又被起用。

公元 227 年，諸葛亮準備北伐，任命來敏擔任軍事參謀和輔軍將軍。但是來敏本性不改，這次又倚老賣老，說了一些怨言：「一些後輩沒什麼功勞，卻提拔他們，把我的職位和榮譽給了他們。為什麼很多人都恨我呢？」諸葛亮不能再容忍了，寫了一篇《罷來敏教》上呈劉禪。文中說：

「當年先帝剛佔領益州時，不少人議論說來敏在羣眾中亂說話，造成混亂。當時因為局勢還不穩定，所以先帝容忍了下來。後來有人推舉他當家令，先帝雖然不高興但也沒反對。我對來敏了解不深，任命他為參謀和將軍，本來也是想就此引導他走上正路，敦促他嚴格要求自己、改變作風。但是現在看來達不到這個目的，那只好罷免他的一切職務，讓他回家閉門思過，自我檢討了。」

諸葛亮逝世後，來敏又曾做官，又被罷免，三起三落。他於九十七歲高齡去世，是古代官場少有的老壽星。

釋義

閉門思過——關上房門好好想想自己的過錯。常指犯了錯誤的人獨自進行反省，檢討犯錯原因。

例句

大考前哥哥只顧着打網球，沒好好温書，結果兩門功課不及格。爸爸要他閉門思過，檢討自己的過錯。

故事出處

《三國志・蜀志・來敏傳》

近義詞

反躬自省

反義詞

不思悔改

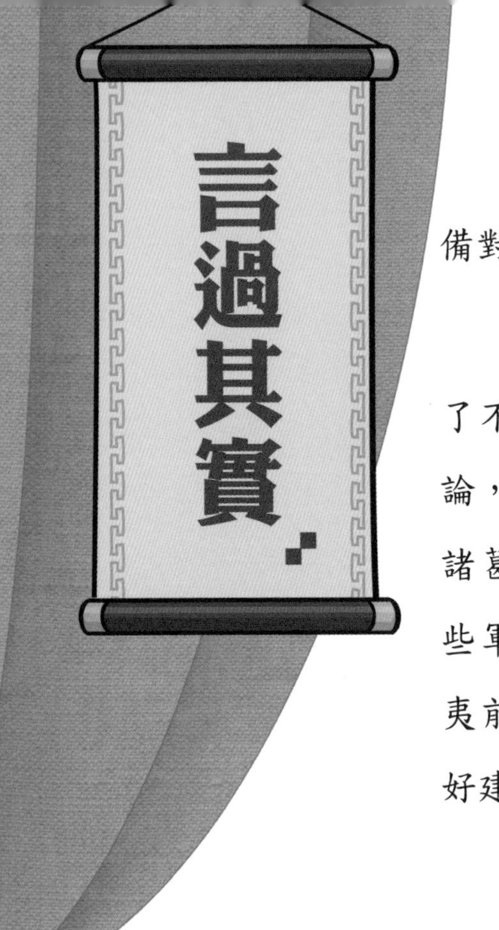

「言過其實」這句成語出自劉備對馬謖的評語。

馬謖是蜀漢官員和將領。他看了不少兵書，平時喜歡談論軍事理論，認為自己懂得不少兵法戰術。諸葛亮很器重他，常常與他討論一些軍事問題，在諸葛亮南下征服蠻夷前，馬謖提供了「攻心為上」的好建議。

劉備臨終前，把復國和輔助劉禪的重任託付給諸葛亮，並提醒他說：「馬謖喜歡高談闊論，往往用詞浮誇，言過其實，不可大用，丞相要留心啊！」但是諸葛亮並不在意，仍任命馬謖為軍事參謀。

公元228年，諸葛亮出征魏國，魏明帝派出名將司馬懿迎戰。諸葛亮說：「司馬懿一定會去攻佔街亭[①]，那是我軍出入的重要通道。那裏沒有城牆可防守，地勢險要。誰敢去守住？」

注釋

①街亭：古戰場，位於今甘肅省天水市秦安縣城東北四十公里的隴城鎮，軍事要地。

馬謖站出來說：「我敢！我熟悉兵書，還守不住一個小街亭？」

馬謖寫下軍令狀，率領了兩萬五千名精兵出發。

街亭有一條狹長斜谷，諸葛亮曾經警告馬謖不能在山上紮營，一定要控制住要道。但是馬謖自作主張，紮營在山上，認為兵書上說「居高臨下就能勢如破竹」。張郃一見大喜，高呼：「天助我也！」親自帶兵四面包圍了山頭，又斷了蜀軍的水源，圍困了一天多後便大舉進攻，同時放火燒山林。又渴又餓的蜀軍潰敗，幸虧副將王平敗而不亂，馬謖才得以收拾殘兵突圍而出。

馬謖大意失街亭，諸葛亮按軍法處置殺了他，之後諸葛亮大哭一場，說：「先帝早就警告我，我沒聽從，是我的失職啊！」

釋義

言過其實——實，實際。語言誇張，不符合實際情況。

例句

我們公司的確面臨不少困難，但是你也言過其實了，其實問題沒那麼嚴重，而且全體員工上下一條心，一定能渡過難關。

故事出處

《三國志・蜀志・馬良傳》、《資治通鑑》、《三國演義》

近義詞

誇大其辭

反義詞

恰如其分

出類拔萃

這句成語出自對蜀漢大臣蔣琬的稱讚。

蔣琬自小好學，聰明過人，後來跟隨劉備，被任命為廣都①的縣長。

有一次劉備和諸葛亮巡視各地，來到蔣琬治理的廣都，卻看見

注釋

①廣都：今四川省成都市的雙流、華陽一帶。

蔣琬不理政事，喝醉了酒在那裏呼呼大睡。劉備大怒，要處死他，諸葛亮勸說道：「蔣琬是國家的棟樑之才，不是一般的平庸人。他治理政務都是以安民為本，不做表面敷衍的事，望主公深思。」劉備免了蔣琬一死，但還是罷免了他的官職。

其實蔣琬是個很有頭腦的人，思考慎密，辦事有理有節，淡泊名利，胸襟寬廣；只是處事的作風與眾不同，所以往往得不到別人的理解。但是諸葛亮慧眼識英雄，深知他的才能。劉禪即位後，諸葛亮要重用蔣琬，不過蔣琬一再推辭，還推薦他人。諸葛亮說：「如果為了避嫌而不任用有德之人，就會使百姓受苦。你應當盡量施展你的才能。」

蔣琬被任命為參事，在諸葛亮兩次北伐期間，他負責籌集軍糧、組織運輸、補充兵源，一切安排得有條不紊，是諸葛亮的得力助手。諸葛亮對劉禪說：蔣琬忠心耿耿，可以與我一起復興漢室。日後我若有什麼意外，軍國大事可交給他。

諸葛亮逝世後，蜀軍因為失去了主帥，人心惶惶，但是蔣琬卻在百官之中出類拔萃，表現與眾不同。他的憂傷不表露在臉上，言談舉止與平日一樣，穩定了人心軍心。

後來，劉禪讓蔣琬主持軍政。軍事上蔣琬轉攻為守，休養生民，加強國力，使劉禪繼續執政了三十年。

釋義

出類拔萃——出、拔，都是超出的意思；類，指同類；萃，本是草木叢生的樣子，引申為聚集一起的人物。整句的意思是指人的才能品德超出同類之上，是卓越出眾的人。

例句

這本《世界名人繪本》中二十個故事的主角都是出類拔萃的人物，為世界作出了巨大的貢獻，值得人們永遠紀念。

故事出處

《三國志・蜀志・蔣琬傳》、《資治通鑑》

近義詞

出類拔羣、出類超羣

反義詞

碌碌無為、才疏學淺

畫餅充飢

魏國的第二代君王魏明帝曹叡在選拔官員時說了這個比喻。

明帝有一名親信大臣叫盧毓，他為人忠厚，學問淵博。早在曹操建立魏國時，已任命盧毓為吏部[①]官員，他秉公辦事，一絲不苟，人稱法治之臣。曹叡即位後又任命他為侍中郎[②]，掌管朝廷官員的選拔、考核和職位升降。盧毓挑選官員先看他的性格品行，再看他的才智。

三年任職期間，盧毓多次向曹叡提供人事和法律方面的有益建議，雖常有爭論，但是曹叡非常欣賞他，下詔說：「賢明君主都要有良臣輔助，才能恰當地選拔和升降官員。盧毓忠貞不渝，公正平和，是一位有功之臣。現任命他為吏部尚書③。」他還要盧毓自己找一位官員來接任他的職位，說：「要找一個像你一樣好的。」

注釋

①吏部：古代官署之一。吏，指文職官員；吏部相當於現今的人事部，掌握官員的任免升降。

②侍中郎：職位高於吏部官員，是皇帝近臣，也參與朝事。

③吏部尚書：吏部最高級官員，掌管全國文武官吏考核賞罰，相當於現今的人事部主管。

那時候，選拔官員都是靠人推薦，一般都是推薦一些名人，但這些名人中很多是徒有虛名，有的只會空談，不做實事；有的作風不良，貪財受賄，曹叡都不滿意。有一次，曹叡要任命一位重要官員，他說：「能不能找到有才能的人，全靠盧毓了。選拔人不能只看名聲，名聲好比地上畫的餅，不能吃的啊！」

盧毓回答說：「靠名聲可以發掘出一般的人才，但不能找到真正有才能的人。單靠我也不行，應當有考核。所以古代除了上奏推薦外，還有考試。現在廢了考試，只憑名譽提升或降職，真假難辨，虛實相混。」

曹叡採納了他的意見，下令制定考試法。

釋義

畫餅充飢——畫一個餅來解餓，比喻有虛名而不實惠。魏明帝用畫在地上的餅來比喻徒有名聲而無才的人是沒有用的，後來通用為成語「畫餅充飢」。也可解釋為以空想來安慰自己，意思同「望梅止渴」。

例句

這個新屋苑的設計方案雖然漂亮，但是太大太華麗，不實用，售價也高，我們負擔不起。看來這些宣傳資料只能是畫餅充飢了。

故事出處

《三國志・魏志・盧毓傳》

近義詞

望梅止渴

管輅是魏國一位非常有名的術士[①]。他自小喜歡觀看日月星辰，研究《周易》[②]，長大後精通天文地理，占卜看相、觀測風水，都能算得很準。

注釋

①術士：有法術的人，能占卜、看相、算命、預測命運，也指古代從事求仙、煉丹活動的人。

②《周易》：中國傳統經典之一，相傳是周文王所作，內容豐富，是古代民族思想、文化、智慧的結晶，幾千年來對中國的政治、經濟、文化產生巨大的影響。

管輅的看相本領特別神妙，能通過仔細觀察人的相貌神態，預測他的生死。

有一天，魏國的兩位大臣何晏和鄧颺坐在一起喝酒。這兩人的品行很差，常常仗勢欺人，胡作非為，民憤很大，所以一直得不到提升。這天何晏發牢騷：要捱到何時才能升官啊？

鄧颺提議道：「都說管輅算命算得很準，不如讓他來給算一算？」

何晏連聲叫好，立刻差手下的人去把管輅請來。管輅深知這兩人的底細，平時就很厭惡他們，心想今天要乘機教訓教訓他們。

何晏說：「聽說您算卦很神妙，請為我算一卦，我能不能做到三公[①]的位置？最近我做了一個夢，有很多烏蠅圍着我的鼻子飛，這是什麼意思啊？」

管輅說：「你倆現在都是朝廷的高官，但是民眾中感懷你們恩德的人很少，都是懼怕你們的權威。這可不是小心翼翼得到的福氣啊！鼻子高可以常有富貴，但是烏蠅是喜歡惡臭的，這不是好兆頭。希望你能上效周文王的仁厚，下學孔子的道義，謙恭仁慈，那麼可以升上三公，烏蠅也不會來了。」

鄧颺聽了不以為然，說：「這些都是老生常談！」

管輅回答說：「雖是老書生的老話，你們卻不能掉以輕心啊！」

何晏聽了很不高興，便把管輅打發走了。

沒過多久，何晏和鄧颺就因為謀反而被殺了。

注釋

①三公：指皇帝手下最高的三個職位：丞相（最高行政長官）、太尉（最高軍政長官）和御史大夫（副丞相）。

釋義

老生常談——老生，指年老的書生。老書生常講的話，指沒有新意的言論。比喻一些聽慣了聽厭了的話。《三國志》中用的是「老生常譚」，「譚」同「談」。

例句

你別說這篇講飲食衞生的文章是老生常談、沒有新意，其實我們都遠遠沒有養成正確的飲食習慣，要多學習多實踐呢！

故事出處

《三國志・魏志・管輅傳》

近義詞

了無新意

反義詞

耳目一新

路人皆知

這句成語說的是曹魏末年司馬昭篡權的事。

魏明帝曹叡逝世後，八歲兒子曹芳即位，但是大權卻落在太尉司馬懿和大將軍曹爽手中，兩人時常明爭暗鬥。後來司馬懿發動兵變殺了曹爽，司馬懿父子掌握了魏國軍政。

魏少帝曹芳長大後密謀除掉司馬家族，但計劃失敗被廢掉，曹丕的孫子曹髦被立為皇帝，司馬懿的次子司馬昭當了大將軍和丞相，操縱魏國一切事務。

曹髦從小聰明好學，常與一些學者討論學問。有人說他「文采如同曹植，武能比曹操」。即位後他表明自己要靠將帥扶持中興魏室、統一天下，他改革了宮廷中一些不合理的陋習，安撫百姓，深得人心。

司馬昭更加緊了對皇室的控制，根本不把這位魏帝放在眼裏。

但曹髦是一位有骨氣的君主，看到自己的權力日益被削弱，不甘心當一名傀儡皇帝。公元 260 年，他召集了三位心腹大臣，說：「司馬昭之心，路人皆知啊！我不能坐等着被人廢掉，今天我們一起去討伐他！」

大臣們勸道：「現在朝廷裏都是司馬家族的人，我們的勢力薄弱，魯莽從事的後果將不堪設想。」

曹髦說：「我的決心已定，死也不怕，何況還不一定會死呢！」

他告別了太后，帶領了侍衞、童僕幾百人，穿上鎧甲手持寶劍衝了出去。衞兵見是皇上帶兵衝殺，不敢阻攔，曹髦一路衝到宮城外面。但是早就有人去報告了司馬昭，他的手下上前迎戰，用長戈刺倒了曹髦。

不到二十歲的曹髦以死抗爭，清除逆臣，獲得了世人的敬重。

釋義

路人皆知——司馬昭是個野心勃勃的人，一心想篡權，他的野心非常明顯，人所共知。後人常以「司馬昭之心，路人皆知」來比喻某些人的陰謀和野心在行動上已經表露無遺，人人都知道了。

例句

甲公司趁節日抬高價錢、用次貨欺騙消費者的做法早就不是什麼秘密了，他們從去年已經開始有所行動，真是司馬昭之心，路人皆知啊！

故事出處

《三國志・魏志・高貴鄉公紀》、《資治通鑑》

近義詞

家喻戶曉、人所共知

反義詞

秘而不宣

樂不思蜀

劉備逝世後，兒子劉禪即位，由諸葛亮輔助。劉禪胸無大志，追求享樂，昏庸無能。他乳名阿斗，人稱「扶不起的阿斗」。諸葛亮去世後，蜀國由蔣琬、姜維等文臣武將支持着。

公元 263 年，司馬昭調動二十萬魏軍討伐蜀國。魏軍兵臨城下，懦弱的劉禪率領文武百官出城投降，獻上玉璽[①]，蜀國滅亡。

注釋

①玉璽：皇帝的大印。

劉禪帶領家屬和大臣們遷居到魏都洛陽，魏王封劉禪為安樂公，賞賜他絲綢和奴婢；劉禪的子孫和臣子們也有五十多人被封侯。於是劉禪就親自到司馬昭府上去道謝，司馬昭設宴招待。

席間，樂師們演奏了蜀國的歌曲，劉禪的幾個大臣聽到鄉音想起亡國之痛，都很傷感，但是劉禪卻自得其樂地飲酒，神態自如地說笑，絲毫不覺得難過。司馬昭見了對身邊的大臣說：「一個人怎能這樣無情？即使諸葛亮還在，也很難輔助他長久！」

司馬昭轉頭問劉禪：「你是不是很思念蜀國啊？」

劉禪回答說：「在這裏很快樂啊，不思蜀。」

劉禪的秘書郤正聽說了這事，就去跟劉禪說：「以後再問你，你應該流着淚說：『我祖先的墳墓都遠在蜀地，我日日夜夜都思念西邊的故土啊！』然後要閉上眼睛顯得很傷心的樣子。」

果然，司馬昭在另一場合又問劉禪是否思念蜀國，劉禪就按照郤正說的那樣回答。司馬昭聽了說：「怎麼這話好像是郤正說的？」劉禪驚訝地望着司馬昭說：「對呀，你說得沒錯！」他的話引來一陣哄笑。

瞧，劉禪就是這樣一個昏君，蜀國怎能不亡在他手中！

釋義

樂不思蜀——昏庸的劉禪投降後在魏國過着荒淫的生活，絲毫沒有亡國之痛，引申出「樂不思蜀」這句成語，比喻在外地快樂得不想回家，樂而忘返或是樂而忘本。

例句

哥哥大學畢業後去歐洲旅遊，發回來很多照片和觀感文章，一個多月了還沒回來，爸爸說他是樂不思蜀，不想回家了。

故事出處

《三國志・蜀志・後主傳》、《資治通鑑》

近義詞

樂而忘返

反義詞

歸心似箭

附錄 主要人物介紹

孔融（153 年－ 208 年），字文舉，豫州魯國曲阜（今山東省曲阜市）人。三國著名的學者和文學家，建安文學七子之一。孔融是孔子的第二十世孫，家世顯赫，天資聰敏。惟他性格疏狂、不近時務。經常有意頂撞曹操。最後被曹操揑造罪名處死。

文醜（？－ 200 年），是袁紹手下的猛將，以驍勇著稱，與顏良齊名。曹操臣子孔融勸諫曹操要提防他。荀彧卻認為文醜是有勇無謀，一戰即可擊破。官渡決戰中，文醜被任為主帥追擊曹操。被曹軍的運糧車隊所餌至延津。最終被伏兵殺死。

司馬昭（211 年－ 265 年），字子上，司州河內郡溫縣（今河南省焦作市溫縣）人。三國曹魏政權的權臣，西晉王朝的奠基人之一。司馬昭具有謀略，武功顯赫，尤以派兵滅蜀，打破三國鼎峙。司馬昭背負歷史惡名是因為他的手下動手弒殺皇帝曹髦。

司馬懿（179 年－ 251 年），字仲達，司州河內郡溫縣（今河南省焦作市溫縣）人。三國曹魏政權的政治家。司馬懿是西晉立國的奠基者，兒子司馬師、司馬昭先後為曹魏政權的權臣。曾抵禦蜀漢諸葛亮的北伐，擒斬孟達與平定遼東公孫淵。最後司馬懿發動政變誅殺曹爽，自此曹魏大權旁入司馬氏手中。

何晏（196 年－ 249 年），字平叔，荊州南陽郡宛縣（今河南省南陽市）人。三國著名玄學家，開創魏晉玄學的先河。曹操收他為養子，更成為女婿。曹芳繼位時，曹爽輔政，何晏任吏部尚書。不久，司馬懿發動政變滅曹爽，何晏因清談得罪司馬師，誣陷為黨羽而被殺。

呂蒙（178 年－ 220 年），字子明，豫州汝南郡富陂縣（今安徽省阜南縣）人。呂蒙是一名擁有出色智謀的良將。他是繼周瑜和魯肅之後，都督東吳軍事的統帥。他最出色的軍事行動，是策劃襲殺了關羽，奪取了荊州三郡。

來敏（165 年－ 261 年），字敬達，荊州義陽郡新野縣（今河南省新野縣）人。來敏出身於南陽名門望族。東漢末年，來敏投靠益州劉璋。蜀漢期間，來敏擔任官職。後來不滿諸葛亮提拔後進，忽略自己，向羣臣口出怨言。諸葛亮上表請劉禪撤去他的職位，回家檢討自己的過失。

孟獲（生卒年不詳），益州建寧郡（今雲南省曲靖縣）人。孟獲是南中豪強，被益州郡大族雍闓招攬，並命令他聯同其他夷部趁劉備逝世而造反。公元 225 年，雍闓被高定部曲所殺，孟獲收集雍闓殘部對抗諸葛亮的討伐。諸葛亮七擒七縱孟獲，最終令孟獲折服而歸順蜀漢。

孫權（182 年－ 252 年），字仲謀，揚州吳郡富春縣（今浙江省杭州市富陽區）人，三國時期東吳的開創君主。承襲父親孫堅、兄長孫策的基業，孫權持續經營江東。選賢任能，且安撫江東世家及南來的士人。在他主政下更擊敗曹操、劉備，令東吳據地由五郡擴展成三大州。

袁紹（154 年－ 202 年），字本初，豫州汝南郡汝陽縣（今河南省商水縣北）人。袁紹出身於名門士族，再憑藉豪傑、游俠的身分，一度成為實力最強的羣雄。擁有冀州、幽州、青州及并州等四州，稱雄北方。公元 200 年，袁紹與曹操在官渡之戰中慘敗，不久便病逝。

袁術（155 年－ 199 年），字公路，豫州汝南郡汝陽縣（今河南省商水縣北）人。袁術家世顯赫，汝南袁氏四世三公，他與袁紹是兄弟。袁術是東漢末年雄踞淮南的羣雄之一，因稱帝而成眾矢之的，被各地方羣雄圍攻，最終失敗，悲憤吐血而死。

郤正（？－ 278 年），本名纂，字令先，司州河南郡偃師縣（今河南省偃師縣）人。三國蜀漢時期官員。郤正博覽典籍，文采出眾，在宮中任職。公元 263 年，劉禪降魏，郤正跟隨劉禪移居洛陽。郤正指導劉禪令事事對答得體，包括司馬昭在宴會刻意表演蜀漢歌舞測試劉禪會否有異心。郤正在西晉擔任地方長官。

馬謖（190 年－ 228 年），字幼常，荊州襄陽郡宜城縣（今湖北省宜城市）人。三國時期蜀漢參軍，獲諸葛亮器重。諸葛亮接納馬謖「攻心為上」的計謀平定孟獲。劉備臨死前叮囑諸葛亮馬謖言過其實，諸葛亮毫不在意。馬謖在街亭違背諸葛亮的命令，被魏軍所敗，令諸葛亮北伐功敗垂成。

張郃（？－ 231 年），字儁乂（粵音：艾），冀州河間郡鄚縣（粵音：幕）（今河北省任丘市東北）人。張郃是三國著名的戰將。驍勇善戰，能帥將領兵，為曹軍「五良將」。張郃在街亭曾打敗了蜀漢馬謖，一直是曹魏迎戰諸葛亮幾次北伐的主將。

張飛（167 年－ 221 年），字益德，幽州涿郡涿縣（今河北省涿縣）人。三國時期蜀漢政權猛將，與關羽並稱「萬人敵」。張飛把關羽當作兄長看待，他們跟隨劉備四處征伐。張飛在當陽長阪一夫當關抵擋曹操大軍追擊，足見他的勇猛！最後張飛在出征夷陵之戰前被部下所殺。

曹丕（187 年－ 226 年），字子桓，豫州沛國譙縣（今安徽省亳縣）人。曹操的嫡長子，繼承父親的魏王封號與丞相的權位，篡漢而建立魏國，稱魏文帝。曹丕亦是著名的文學家，與父曹操、弟曹植被譽為「三曹」，也是「建安文學」領袖人物。

曹爽（？－ 249 年），字昭伯，豫州沛國譙縣（今安徽省亳縣）人。曹爽是由曹魏政權落入司馬氏的關鍵人物。魏明帝曹叡臨終前，託交年幼曹芳予曹爽和司馬懿。司馬懿發動政變誅殺曹爽，三位皇帝都成為司馬氏的傀儡，最後由司馬懿孫篡魏。

曹植（192 年－ 232 年），字子健，豫州沛國譙縣（今安徽省亳縣）人，曹操第四子。三國曹魏的著名詩人，文學成就被人推崇，建安文學的領軍人物之一。後世將他與其父曹操、其兄曹丕合稱「三曹」。著名文學家謝靈運評價他在文學的才華，在一石中便佔了八斗。

曹髦（241 年－ 260 年），字彥士，豫州沛國譙縣（今安徽省亳縣）人。三國曹魏政權第四個皇帝。年幼的曹髦十分好學，聰明早熟。然而，國家大權被司馬師、司馬昭所操控。曹髦長大後，率領宮內三百多名隨從討伐司馬昭，卻被其手下成濟所殺死，死時二十歲。

曹操（155 年－ 220 年），字孟德，小字阿瞞，豫州沛國譙縣（今安徽省亳縣）人。曹操是締結了三國時代最關鍵的人物。他集政治家、軍事家、文學家成就於一身，在中國歷史上是出色領袖。千多年以來，歷史對曹操的功過是非，討論很多，是最具爭議的歷史人物。

淳于瓊（146 年－ 200 年），字仲簡，豫州潁川（今河南省禹州縣）人。袁紹的將領。關乎袁紹和曹操興衰的「官渡之戰」的關鍵人物。淳于瓊駐守的烏巢是袁軍的糧倉重地，卻被曹軍燒盡。袁軍內訌，個別謀士和將領投降曹操。袁紹無力再抗衡曹操。

郭嘉（170 年－ 207 年），字奉孝，豫州穎川陽翟（今河南省禹縣）人。曹操初崛起，他是重要的謀士。在眾謀士中，郭嘉最為曹操倚重。郭嘉能洞悉先機，判斷敏銳，知己知彼，分析透徹。郭嘉短命，在征伐烏桓後病死，曹操為他早逝悲傷萬分。

郭圖（？－ 205 年），字公則，豫州穎川（今河南省禹縣）人。郭圖本是冀州牧韓馥的部下，後來成為袁紹倚重的謀士。在官渡之戰中，郭圖被任為都督，屢為袁紹獻計，均未能取得成功。迫走張郃投降曹操，間接地導致袁紹失敗。

陳珪（生卒年不詳），字漢瑜，徐州下邳縣（今江蘇省睢寧縣西北）人。陳珪與兒子陳登，是協助曹操，先後擊滅袁術和呂布的關鍵人物。陳氏父子皆有膽有識，善於用謀，為曹操削平袁術及呂布，是最成功的反間組合。

陸遜（183 年－ 245 年），本名陸議，字伯言，揚州吳郡吳縣（今江蘇省吳縣）人。陸遜是智謀兼備、文武全才的政治家和軍事家。他是繼周瑜、魯肅及呂蒙之後的大都督。最為人津津樂道是蜀吳的夷陵之戰，他以逆勝順，打敗劉備十萬大軍。

楊修（175 年－ 219 年），字德祖，司州弘農郡華陰縣（今陝西省華陰市東）人。楊修來自望族弘農楊氏，先父輩四世三公。楊修以才華洋溢見稱。為曹操所重，也為曹操所忌，曾擔任主簿參與內外軍國大事。曹操為鞏固曹丕的太子地位，楊修以拉幫結派的罪名被處死。

管輅（209 年－ 256 年），字公明，冀州平原郡平原縣（今山東省平原縣西南）人。三國時代的易學名家。善於卜筮神算，多次準確地預測不同人的生死升遷。管輅為何晏解析夢中的青蠅是不祥的徵兆，並暗示鄧颺與何晏有血光之災。結果一如管輅預料，他們均被司馬懿發動政變所殺掉。

趙雲（？－ 229 年），字子龍，冀州常山郡真定縣（今河北省正定縣南）人。他是一個智勇雙全，品格高尚的蜀漢名將，是三國時代少見的全人。趙雲跟隨劉備征戰，在不少戰役立下功勞。趙雲的生平事跡，最為後人傳頌，他的為人也深受世人尊崇。

劉巴（？－ 222 年），字子初，荊州零陵郡烝陽縣（今湖南省衡陽市西）人。劉巴是富才智、秉持原則的名士。諸葛亮稱讚他在運籌帷幄比自己優勝。劉巴先後成為曹操、劉璋的手下。蜀漢政權建立後，劉巴被任為尚書令，其名士風範，聲譽遠播。

劉備（161 年－ 223 年），字玄德，幽州涿郡涿縣（今河北省涿縣）人。劉備是三國時代蜀漢政權的開創君主，心懷天下。具有游俠的俠義精神，善待百姓的仁愛，且有器量才有三顧茅廬請出諸葛亮。令關羽、張飛、趙雲等猛將、荊益二州豪傑亦多歸附，具有政治魅力。

劉禪（207 年－ 271 年），字公嗣，小名阿斗，幽州涿郡涿縣（今河北省涿縣）人。劉備兒子，他是蜀漢政權走向滅亡的關鍵人物。公元 223 年，劉禪在位。他雖能知人善任，充分授權諸葛亮、蔣琬、費禕為相，卻又貪圖逸樂、寵信宦官黃皓。公元 263 年，劉禪降魏，移居洛陽。魏國權臣司馬昭故意測試劉禪會否東山再起，劉禪回覆樂不思蜀。

蔣琬（193 年－ 246 年），字公琰，零陵郡湘鄉縣（今湖南省永州市零陵區）人。三國時代蜀漢繼諸葛亮為相主政。少年時以州幕僚跟隨劉備入蜀。其後丞相諸葛亮任蔣琬為幕僚。諸葛亮北伐無後顧之憂，有賴蔣琬在後方統籌。蔣琬接替諸葛亮，以出類拔萃的才幹主政，令人心悅誠服。

諸葛亮（181 年－ 234 年），字孔明，徐州琅琊國陽都縣（今山東省臨沂市沂南縣）人。三國著名的政治家。提出《隆中對》三分天下的戰略，令劉備能建立蜀漢政權。後世推崇是他不負劉備所託，鞠躬盡瘁輔助幼主劉禪。成為公忠體國的典範，被人所傳誦。

鄧颺（粵音：羊）（？－ 249 年），字玄茂，荊州南陽郡新野縣（今河南省新野縣）人。鄧颺天資聰敏，是具有聲望的名士，被魏明帝曹叡視為浮華貶斥。曹芳幼年繼位，曹爽為輔政大臣，任命他擔任侍中、尚書。不久，司馬懿發動政變，鄧颺受到牽連，被夷三族。

魯肅（172 年－ 217 年），字子敬，臨淮郡東城縣（今安徽省定遠縣）人，東漢末年東吳著名的戰略家。為孫權策劃「榻上策」，先站穩江東，後放眼天下，成帝王之業。這戰略成為東吳立國的綱本，令孫權成了一代英雄人物。

盧毓（183 年－ 257 年），字子家，幽州涿郡涿縣（今河北省涿縣）人。三國時代曹魏政權政治家。東漢末年經學家盧植兒子。盧毓先後在曹操、曹丕、曹叡、曹芳以及司馬氏掌權等擔任官職。在魏明帝曹叡時，盧毓對法例律令的修改作出爭辯，並推薦不少人材。

鮑信（152 年－ 192 年），兗州泰山郡平陽縣（今山東省新泰市）人。鮑信是曹操最初起事的關鍵人物。關東諸侯發動討伐董卓行動，鮑信帶兵響應曹操。後來青州黃巾進入兗州，鮑信不幸被黃巾襲擊而死。曹操追記鮑信功績，任用其兒子鮑邵、鮑勛。

鮑勛（？－ 226 年），字叔業，兗州泰山郡平陽縣（今山東省新泰市）人。父親鮑信在協助曹操的戰鬥中戰死。曹操曾起用鮑勛為丞相府幕僚。鮑勛以為官清廉知名。後來因事得罪魏文帝曹丕被處死。不久，曹丕逝世，人們為他的遭遇而歎息。

顏良（？－ 200 年），徐州琅邪國臨沂縣（今山東省臨沂縣北）人。顏良是袁紹手下的猛將。曹操臣子荀彧認為他有勇無謀，一戰便可擊破。官渡之戰前，袁紹揮師進攻黎陽，並派遣顏良、淳于瓊及郭圖進攻白馬。顏良圍白馬數月，久攻不下，被曹操派遣關羽趕至，並將他殺死。

關羽（160 年－ 220 年），字雲長，司州河東郡解縣（今山西省臨猗縣西北）人。關羽是劉備最重要武將，失守荊州而削弱蜀漢實力的關鍵人物。年青時與張飛跟隨劉備義如兄弟。在白馬助曹操斬殺袁紹將領顏良。後來離開曹營，回歸劉備，足見忠肝義膽。其後駐守荊州，違反《隆中對》策略，腹背受敵，終被孫權大將呂蒙所殺。

三國成語知多點

看完本書多個成語故事，相信你已掌握了這些成語的來源及用法。剛剛你在「附錄」也認識了不少三國人物，還想知道更多關於三國成語的知識嗎？

請用智能手機或平板電腦等設備，在連接網路的狀態下，掃描以下的二維碼（QR Code），打開「三國之門」，看看能發掘到什麼！

三國成語有故事

策　　劃：鴻文館文化工作室
作　　者：宋詒瑞
插　　圖：李亞娜
責任編輯：陳友娣
美術設計：鄭雅玲
出　　版：新雅文化事業有限公司
香港英皇道 499 號北角工業大廈 18 樓
電話：(852) 2138 7998
傳真：(852) 2597 4003
網址：http://www.sunya.com.hk
電郵：marketing@sunya.com.hk
發　　行：香港聯合書刊物流有限公司
香港荃灣德士古道 220-248 號荃灣工業中心 16 樓
電　　話：(852) 2150 2100
傳　　真：(852) 2407 3062
電　　郵：info@suplogistics.com.hk
印　　刷：中華商務彩色印刷有限公司
香港新界大埔汀麗路 36 號
版　　次：二〇二〇年六月初版
二〇二二年一月第二次印刷

ISBN: 978-962-08-7517-5

18/F, North Point Industrial Building, 499 King's Road, Hong Kong
Published in Hong Kong, China
Printed in China